JN094188

ゆかいな
ことば

つたえあいましょうがっこう

トンクオマトソート！

宮下すずか
絵 市居みか

つたえあいましょう、がっこう

一ねん一くみの　たんにんは、

ハムスターの　シホせんせいです。

シホせんせいは　赤い　ペンを

もった　まま、くびを　かしげて　ノートを

見つめて　いました。子どもたちの　にっきを

よみながら、なにやら　なやんで　いるようです。

その　ノートは、ねずみの　ニタくんの

もので、つぎのように　書かれて　いました。

きょう、アアが、
「かんじの　書きとりは、
やったの？」
と　ききました。
「やったよ。」
と　いったら、

「ぜんぶ　おわったの？」

と　きいたので、

「おわったよ。」

と　こたえました。でも、アアは　また、

「ちゃんと　書けたの？」

と　しつこく　きくので、ぼくは、

「ウソ！」

と　さけぶように　いいました。

そうしたら　アアは、

「それは　よかった。じゃあ、

おやつに　しましょう。」

と　いいました。

　ここまで　よんだ　シホせんせいは、

ふしぎに　おもいました。「アア」とは　だれの

ことでしょう。それに、ニタくんが　「ウソ」と

いったのに、どうして「それは　よかった」などと　いったのでしょうか。ふつうならば、

「ウソを　ついたら　ダメ」とか、「はやくしゅくだいを　やりなさい、おやつは　そのあとで」とか　いわれる　はずです。

シホせんせいは、その　さきを　よんでいきました。

6

おやつは、アスカットと
バウムクーヘソでした。
とても　おいしかったです。

「そうか！」
せんせいの　ペンが、さっと　うごきました。
「アスカット」を「マスカット」に、
「バウムクーヘソ」を「バウムクーヘン」に

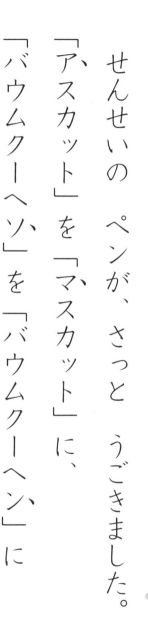

なおしました。

「アア」は「ママ」、

「ウソ」は「ウン」だったのです。

ニタくんは、「ア」と「マ」、「ソ」と「ン」のくべつが つかないのか、それとも ちがいがわかって いるけれど、らんぼうに 書くので、ただしく よんで もらえないのでしょうか。

「カタカナに 気を つけて 書きましょう。」

シホせんせいは　ニタくんの　にっきに、

そう　書きました。

ひらがなと　ちがって、カタカナは　かたちの

にたような　ものが　たくさん　あります。

「ア」と「マ」、「ソ」と「ン」の　ほかには、

クと　ワ、コと　ユ、

シと　ツ、スと　ヌ、

ソ と リ、ナ と メ

このように、ちょっと　むきが　かわったり、

のばしすぎたり、とめすぎたり、

はみだしたり　すると、ちがう

もじに　なって　しまいます。

おちついて　ゆっくりと　ていねいに

書けば　よいのですが、ニタくんは　いつも

いそいで　書くので、ますます　よめない　字に

なって しまいました。それに なにより、
ニタくんは じぶんで 書いた ぶんしょうを、
もう いちど よみかえすと いう ことを
しなかったのです。

十月三十一日は、ハロウィンです。
ニタくんは、ともだちを いえに よぼうと、
しょうたいじょうを 書く ことに しました。

はじめての　ハロウィンパーティー、

みんなが　びっくりするような　おばけの

かっこうを　して

やるんだと　おもうと、

ニタくんは　たのしみで

たまりませんでした。

パーティーに　さそったのは、

なかよしの　ぞうの　メアくん、

かばの　ユマくん、きりんの
ツマくん、そして
ようちえんから　ずっと
おなじ　クラスだった
トライアングル、この　六^{ろっ}ぴきです。
トライアングルと　いうのは、
りすの　ケイちゃん、さるの
ワカちゃん、うさぎの

ミウちゃんで、この　三びきは、いつも
むかいあって　はなしを　して　いて、
それは　まるで　三かくけいの
トライアングルのように　見えるので、クラスの
みんなから　そう　よばれて　いました。
　十月に　はいった　ある　日、じゅぎょうが
おわると、ニタくんは　パーティーの

しょうたいじょうを　それぞれに
手<ruby>わ<rt>て</rt></ruby>たしました。そして、にやにやと
わらいながら　かえって　いきました。
しょうたいじょうは　ニタくんが　書<ruby>か<rt>か</rt></ruby>いた
もので、六<ruby>まい<rt>ろく</rt></ruby>とも　おなじです。
そこには、よこ書<ruby>が<rt>が</rt></ruby>きで
つぎのように
書<ruby>か<rt>か</rt></ruby>かれて　いました。

コアくん ナマくん シアくん
トライマツグノ レの ケイちゃん
クカちゃん ミウちゃんへ

トソック オマトソート！

10月31日のごご2じから、
ぼくのうちで
ハロウソパーティーをやります。
イヌとりゲームやわなげなんかを
やってあそぼうね。
みんなきてください。

ニタ

さて、これを　うけとった　ぜんいんが、

ふしぎそうな　かおを　して　いました。

よく　わからなかったからです。

なにが　書いて　あるのか、

まず、さるの　ワカちゃんが、

まっ赤に　なって

いました。

「ねえ、この　ト、ラ、イ、マ、ソ、グ、ノ、レ　って　なあに？　それに　クカちゃんて　だれの　ことかな。コアくん、ナマくん、シアくんは　どこの　子なの？」

ワカちゃんは　おこると、かおが　赤く　なります。

「ユマくんが　コア？　メアくんが　ナマ？　ツマくんが　シアですって？　トライアングルの

『ル』なんか、まんなかが　はなれすぎて　いて、

どう　見たって『ノ』と『レ』にしか

よめないわ。なにより、

わたしは　ワカですよ、

クカなんかじゃ

ない！」

ワカちゃんは、はや口で

いっきに　しゃべりました。さらに、

「それに　ハロウソパーティーなんて、

そんな　わけの　わからない
ところに　いきたくない！」
と、これまた　ぴしゃりと
いいました。
　みんなは、「ハロウィン」が
「ハロウソ」で　ある　ことは
わかって　いました。
　ニタくんから　しょうたいじょうを

うけとった とき、

「ハロウィンパーティーに
きてね。」

と いわれたからです。

あわてんぼうの ニタくんは、

小さい「ィ」の 字を
書きわすれ、らんぼうに

「ン」の 字を 書いたのでした。

それに、「トソック　オマ　トソート」は、きっと「トリック　オア　トリート」のことだと　みんな　わかって　いました。

じつは、ワカちゃんの　いかりが　おさまらないのには、わけが　ありました。

ワカちゃんは、となりの　せきの　ニタくんが、きのうも　字を　らんぼうに　書いて　いたので、

きちんと　書かないと　よんで　もらえないと
いったばかりだったのです。

その　とき　ニタくんは、ちょっと
こまったような　かおを　して　いいました。

「そう　いえば、シホせんせいからも
『カタカナに　気を　つけて』って　いわれたよ。
カタカナは、おなじような　かたちの　ものが
あって、わかりづらい　字も　あるけれど、

ぼくは　ちゃんと
書いて　いる　つもり。ただ、
のろのろ　書くのが
いやだから、いつも　ぱぱっと
書いて　いるんだ。でもね、
ワカちゃん。」
　ニタくんは、うつむいて　いた
かおを　くいっと　あげると、にやっと

わらって こう いったのです。

「みんなは、ぼくが 書いた 字を なんとか よんで くれるから、そんなに しんぱい しなくても だいじょうぶさ。」

このような ことが あったので、あんな しょうたいじょうを 書いて きた ニタくんに、ワカちゃんは おこって いたのです。

「とにかく、わたしは いかない。」

「ぼくも　いかない。」

クカと　書かれた　ワカちゃんと、ナマと

書かれた　メアくんは、そう

いいはりました。

「あのね。」

ずっと　だまった　まま、

しょうたいじょうを　見て

いた　うさぎの　ミウちゃんが、よびかけました。

「ここに　書いて　ある

『イヌとりゲーム』って

どんな　ゲームなのか、だれか

しって　いる？」

「えっ？　なんだろう。」

だれも　わからず、みんな　そろって

くびを　かしげて　いました。

つぎの 日、ニタくんを のぞく 六ぴきは、「おしゃべりの へや」に あつまって、なにやら はなしを して いました。そこは、「だんわしつ」と いう へやで、だれでも じゆうに おしゃべりが できる ところです。

六ぴきは そこで、ハロウィンパーティーの ことを そうだんして いました。

ニタくんが　書いた　いいかげんな
カタカナには、きのうと　おなじで
おこって　いましたが、いまの　じゅうだいな
もんだいは、「イヌとりゲーム」とは
どう　いう　ものなのかが　わからない
ことでした。
「なんなのかな、『イヌとり』って。」
「ほら、『ムシとり』とか『サカナとり』って

あるでしょう。たぶん　イヌさんたちを

むりやり　かごに　いれて、つれて　くる

ことじゃ　ないのかな。」

「かごに　おしこめるなんて、そんな　ことは

できないと　おもうなあ。」

「そうよね。かごなんかに　おしこむのは

むりだから、なんとかして　つれて　くる

ゲームなんじゃ　ないかしら。」

「どうやって つれて くるんだい。 たとえば、
となりの クラスに いる シェパードの

くろすけくんと、ドーベルマンの

まんたろうくんだけど、きがるに　こえなんか

かけられないよ。だって、いつも　おっかない

かおして、びゅんびゅん　はしって　いるから、

おいかけるのは　むずかしいと　おもうなあ。

「わたしたちは、プードルの　ちゃっちゃんと

マルチーズの　しろちゃんを　しって　いるけど、

あの子たちを　つれて　くるのも　たいへんよ。

だって、ものすごい おしゃべりだから

うるさいし、すぐに なきだすんだもの。」

「イヌとりゲーム」とは なにかを、

ニタくんには きかずに、六ぴきは

じぶんたちだけで かんがえて いました。

もう　すっかり、ゲームを　やる気（き）に
なって　いたのです。

ワカちゃんが、ふと　おもいついたように
いいました。

「ねえ、その　日（ひ）は　ハロウィンなんだから、
かそうして　いけば　いいんじゃ
ないかしら。」

「そうか！　おどろかしたら　いいんだね。

おばけや ようかいに なって、イヌさんたちの
ところへ いったら びっくりするだろうから、
どさくさに まぎれて、ささっと つれて
くるって わけね。でも、それだと
ゆうかいだって かんちがいされないかな」。

ケイちゃんが、しんぱいそうに いいました。

「だいじょうぶ。『ハロウィンおばけだ！
いっしょに あそぼうよ』って いえば、

へいき　へいき。かそうして　いったら、

めちゃくちゃ　おどろくだろうね。わあ、

なんか　わくわくして　きた。」

ミウちゃんは　ぴょんぴょん　とびはねながら、

うれしそうに　いいました。

六ぴきは、「イヌとりゲーム」を　ぜひとも

やって　みたいと　おもいました。カタカナを

きちんと　書かず、じぶんたちの　なまえを

へんてこりんに　書いて　きた　ニタくんに、

はらを　たてて　いた　ことなど　もう

とっくに　わすれて　いました。それどころか、

なにに　ばけようか、どんな　かっこうを

しようか、イヌたちを　びっくりさせるには

どうしたら　よいのか、まるで　えんそくの

じゅんびを　するみたいに

うきうきして　いました。

おばけ、あくま、ようかい、おになど、

おそろしい　ものは　いくつも　あります。

まじょ、がいこつ、ミイラ、きゅうけつき、

ゾンビ、フランケンシュタイン、それから、

ひとつ目こぞう、のっぺらぼう、ろくろっくび、

ゆきおんな、やまんばなど、つぎつぎと

ばけものの　なまえが　あげられました。

さあ、いよいよ　ハロウィンパーティーの
日が　やって　きました。

ニタくんは、おきゃくを　びっくりさせようと、

じぶんの　からだよりも　大きな　かぼちゃの

なかみを　くりぬいて、おにのような

こわい　かおを

つくりました。

じゅんびは　すでに　ととのって　いて、いつ

みんなが　やって　きても　だいじょうぶです。

げんかんに　かぼちゃを　おき、その　なかに

かくれて、じっと　まって　いました。

まもなく、六ぴきが　ニタくんの　いえに

やって　きました。

「トリック　オア　トリート！」

と　いう　こえと　ともに、いろいろな

おばけが　つぎつぎと　あらわれました。

が　いこつ、フランケンシュタイン、

ゾンビ、ひとつ目こぞう、

ミイラ、まじょ。

ぞうの　メアくんは、からだじゅうが
ほねだらけ。がいこつの　ふくを　すっぽりと
かぶって　います。
　かばの　ユマくんは、ずたずたに　きったり、
いとで　ぬったりした　かおです。
フランケンシュタインの　まねを　して、
えのぐで　かいたのでした。
　きりんの　ツマくんは、くびから　上を

青いろで　ぬりまくり、どろの　ついた

ぼろぼろの　シーツを　からだに

くくりつけて、ゾンビに　へんしんです。

りすの　ケイちゃんは、目が　ひとつだけで、

まっ赤な　べろを　だした　ひとつ目こぞう。

さるの　ワカちゃんは、ほうたいの　かわりに、

トイレットペーパーで　からだじゅうを

ぐるぐるまきに　した　ミイラ。

うさぎの　ミウちゃんは、三かくの　ながい

ぼうしに、マントを　はおり、おちばはきの

ほうきに　またがった　まじょ。

　ニタくんは　びっくりして、かぼちゃの

なかで　しばらく　うごけずに　いました。

おどろかせようと　おもって　いたのに、

その　ぎゃくでした。

「おっと　いけない！　ぼくが　おどろいて
いて　どう　するんだ。みんなを
おどろかさなきゃ」。
　あわてた　ニタくんは、
「よいしょ」と　かぼちゃを
じゅうりょうあげのように
もちあげて、あるきだしました。
とても　おもいので、

スムーズに　あるけません。

ニタくんが　でて　くるのを、

げんかんで　まって　いた

おばけたちは、目<small>め</small>の　まえの

かぼちゃが　とつぜん

うごきだしたので、

びっくりぎょうてんです。

かぼちゃは、よたよたと

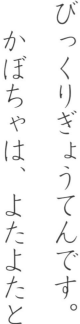
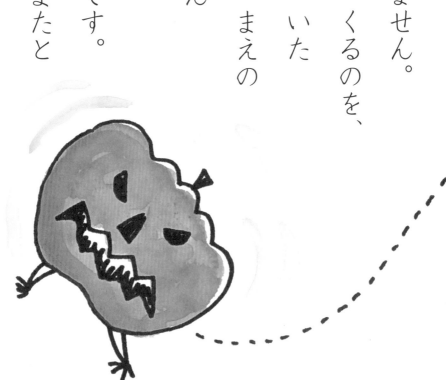

うごきながら　しゃべりました。

「ハッピー　ハロウィン！」

ききおぼえの　ある　この　こえに、

おばけたちの　かおが、きゅうに　えがおに

かわりました。

大きく　さけた　かぼちゃの　口から、

ひょっこり　かおを　だした　ニタくんも、

わらいながら　いいました。

「いらっしゃい、おばけさんたち。」

ぜんいんが、みごとに　ばける　ことが

できたようです。

「さてと、それじゃあ　イヌとリゲームを

はじめようか。」

がいこつが　いうと、かぼちゃは

ふしぎそうに　ききました。

「イ、ヌ、と、り、ゲームって　なあに？」

おどろいた　みんなは、あいた　口(くち)が

ふさがりませんでした。

「なにを　いって　いるの。ニタくんが

いいだしたんじゃ　ないの。」

「イヌとりゲームを　しようって、

しょうたいじょうに　書(か)いて　あったじゃ　ない。」

「だから、イヌさんたちを　おどろかせようと、

こういう かっこうを して きたのよ。」

ひとつ目こぞうと ミイラと まじょは、あらあらしい こえで いいました。

「ちょっと まって。ぼくは、そんな こと 書かないよ。イヌとりゲームなんて、なにかの まちがいだ。」

ニタくんは かぼちゃから でて くると、おこるように いったのです。

「はあ？　なにを　いって　いるの、ここに
書いて　あるじゃ　ない。」

　ミイラの　ワカちゃんは、ニタくんから
もらった　しょうたいじょうを　だして
見せました。それを　見た　ニタくんは、ぷっと
ふきだして、

「これは『イスとりゲーム』って　書いたんだよ。

『イヌとり』を　して　どうするのさ。ほら、

むこうに　イスを　よういして　あるでしょう。」

と　わらいながら　いったので、六ぴきは

はらが　たつやら、がっかりするやら。

「イヌ」だと　おもって　いたのが、

53

「イス」だったなんて。

そうでした。みんなは すっかり わすれて いたのです。ニタくんの 書く カタカナが、あまりにも ひどかった ことを。

そう なると、「イスとりゲーム」どころでは ありません。おそろしい かおの おばけたちが、ニタくんを

にらみつけました。その

こわさに、あわてて

かぼちゃの　なかに

もぐりこんだ　ニタくんは、

しばらく　でて　きませんでした。

じぶんの　書いた

カタカナが、こんなにも

ともだちを　まどわせて

いたのだと　しって、さすがの　ニタくんも

はんせいしたのです。

「ごめんね。つぎからは　気を　つけて、

きちんと　書く　ことに　するよ。」

かぼちゃの　なかから、かぼそい　こえが

きこえて　きました。

それから　みんなで、イスとりゲームを

やりました。ばけものの　かっこうでは
うごきづらくて、すばやく　さっと
イスに　すわる　ことが　できません。
けっきょく　いちばん　まけたのは、
「イスとりゲームを　やろう」と
いいだした　ニタくんでした。
かぼちゃが　おもくて、のろのろあるきしか
できなかったからです。

おばけたちは　大わらいを　しながら、
たのしく　すごしました。

テーブルには、みんなの　大すきな

おやつが　たくさん　ならんで　いました。

「いただきます」の　かわりに、

「トリック　オア　トリート！」

「おかしを　くれなきゃ　いたずら　するよ！」

と、おなかを　すかせた　おばけたちの

げんきな　こえが、へやじゅうに　ひびきました。

パソプキソパイ　バメメケーキ

マイヌワソーム　プソソ　ユユマ

ニタくんが　書いたと　したら、このように

なって　しまうかも　しれません。これでは
なんの　ことか、さっぱり　わかりません。

パンプキンパイ　バナナケーキ
アイスクリーム　プリン　ココア

おばけたちは、どれも　おいしく　いただいて、
しあわせな　きぶんで　かえって　いきました。

その　日の　よる、ニタくんは　ハロウィン　パーティーの　ことを、じかんを　かけて　にっきに　書きました。

つぎの　日、シホせんせいは　ニタくんの　にっきを　よんで　みたのですが、まえの　ように　なおさなければ　ならない　字は　ひとつも　ありませんでした。カタカナが　せいかくに　書かれて　いて、しかも　きれいな

字に なって いたのです。

シホせんせいは おどろいたと どうじに、

ニタくんが がんばって 書いたのだと

かんしんしました。

「たいへん よく 書けました。」

シホせんせいは ほほえみながら

そう 書くと、ニタくんの にっきを

ゆっくりと とじました。

作：宮下すずか（みやした　すずか）

長野県生まれ。「い、ち、も、く、さ、ん」で「第21回小さな童話大賞」大賞受賞（毎日新聞社、2004年）。『ひらがなだいぼうけん』（偕成社）で「第19回椋鳩十児童文学賞」受賞（2009年）。その他の作品に『あいうえおのせきがえ』『にげだした王さま』『とまれ、とまれ、とまれ！』『カアカアあひるとガアガアからす』「ゆかいなことば　つたえあいましょうがっこう」シリーズ、「いち、に、さんすう　ときあかしましょうがっこう」シリーズ（いずれもくもん出版）、『カタカナダイボウケン』『すうじだいぼうけん』『漢字だいぼうけん』（いずれも偕成社）がある。

絵：市居みか（いちい　みか）

兵庫県生まれ。主な作・絵の作品に『ろうそくいっぽん』（小峰書店）、『ねこのピカリとまどのほし』（あかね書房）、絵の作品に「こぶたのブルトン」シリーズ（アリス館）、『ぼくだってトカゲ』（文研出版）、『さつまいもおくさん』（小学館）、『かさとながぐつ』（瑞雲舎）など多数。滋賀県の山あいの町で、夫、息子、猫のラムネと在住。

装丁・デザイン　村松道代

ゆかいなことば　つたえあいましょうがっこう
トソックオマトソート！

2020年9月10日　初版第1刷発行
　作　　宮下すずか
　絵　　市居みか
発行人　志村直人
発行所　株式会社くもん出版
　　　　〒108-8617　東京都港区高輪4-10-18　京急第1ビル13F
電　話　03-6836-0301（代表）
　　　　03-6836-0317（編集部）
　　　　03-6836-0305（営業部）
ホームページアドレス　https://www.kumonshuppan.com/
印　刷　図書印刷株式会社

NDC913・くもん出版・64P・22cm・2020年・ISBN978-4-7743-3164-5
©2020 Suzuka Miyashita & Mika Ichii

Printed in Japan

CD34615